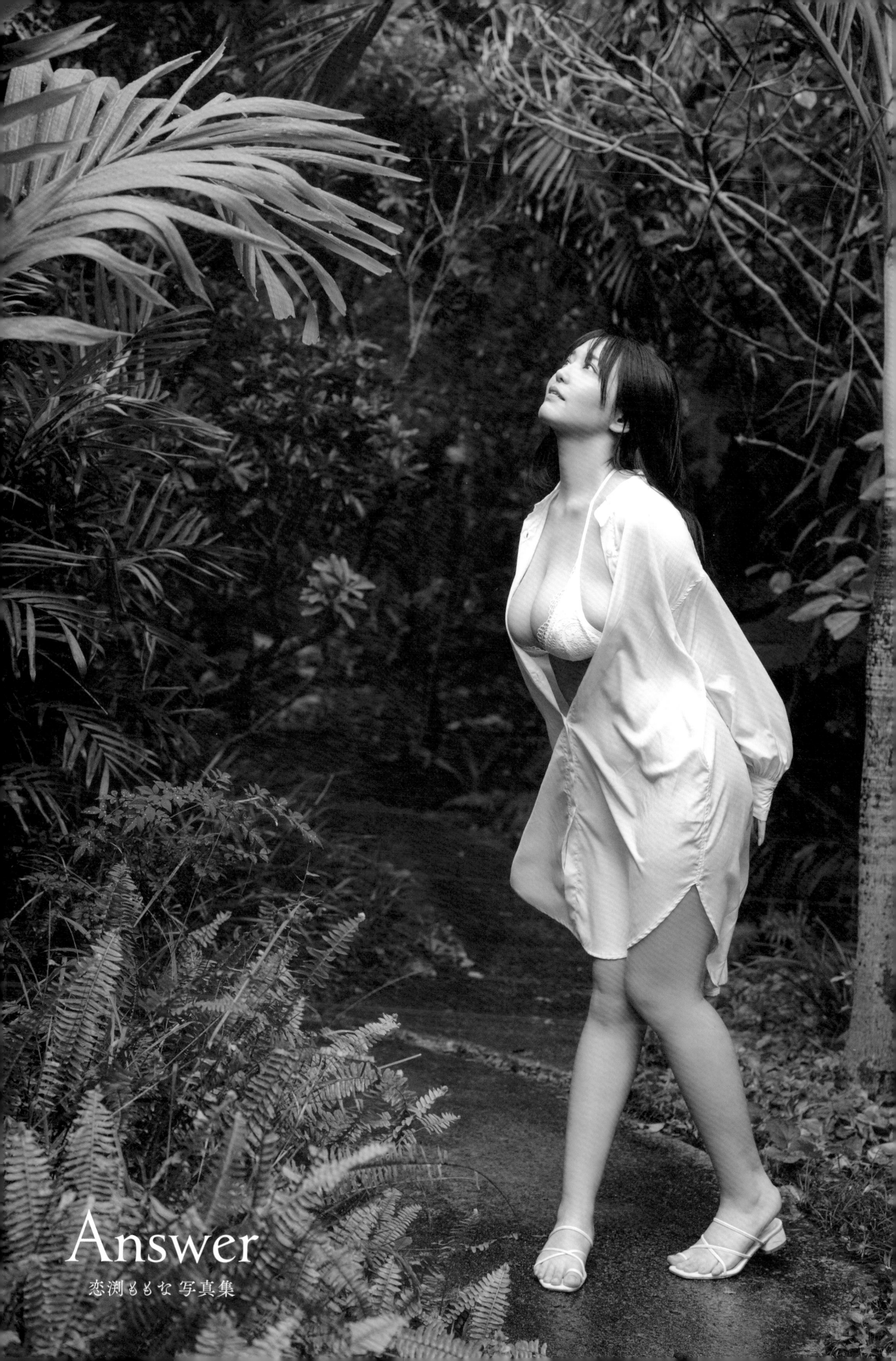
Answer
恋渕ももな 写真集

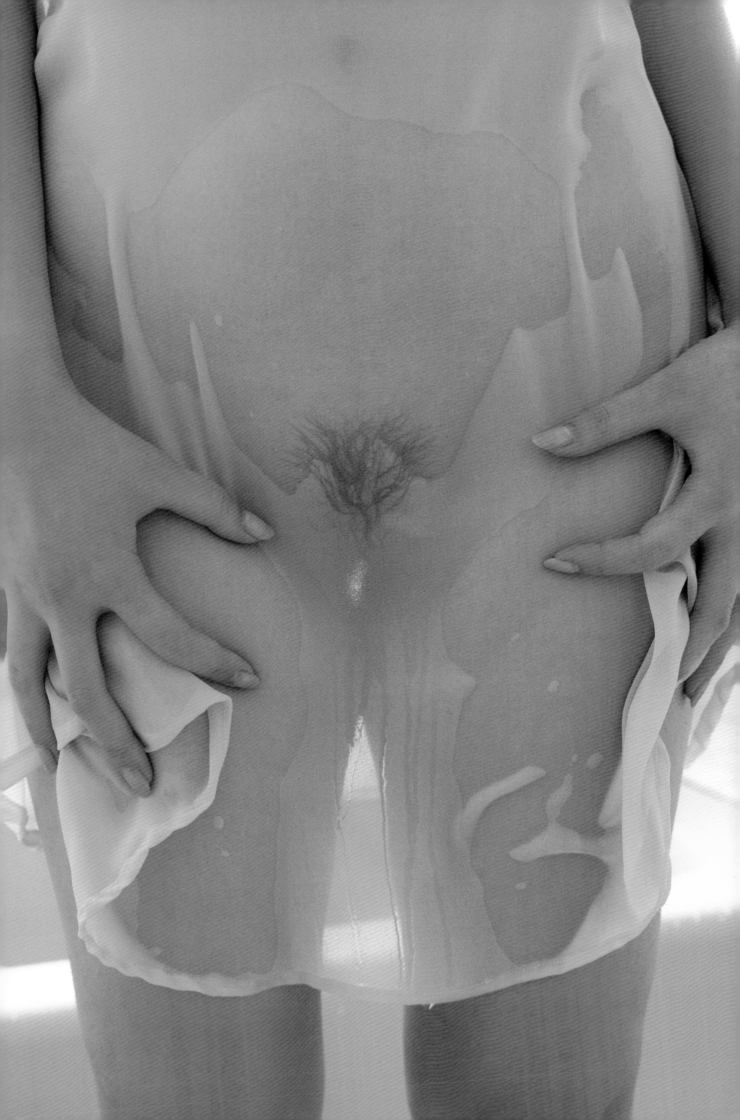

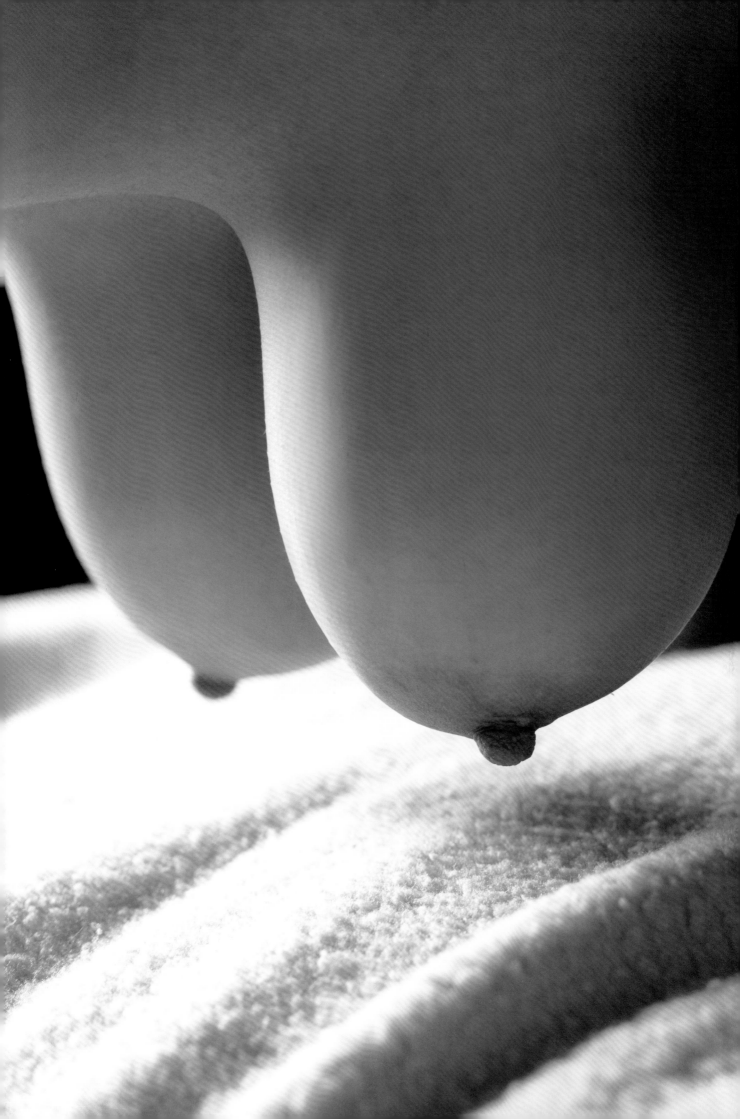

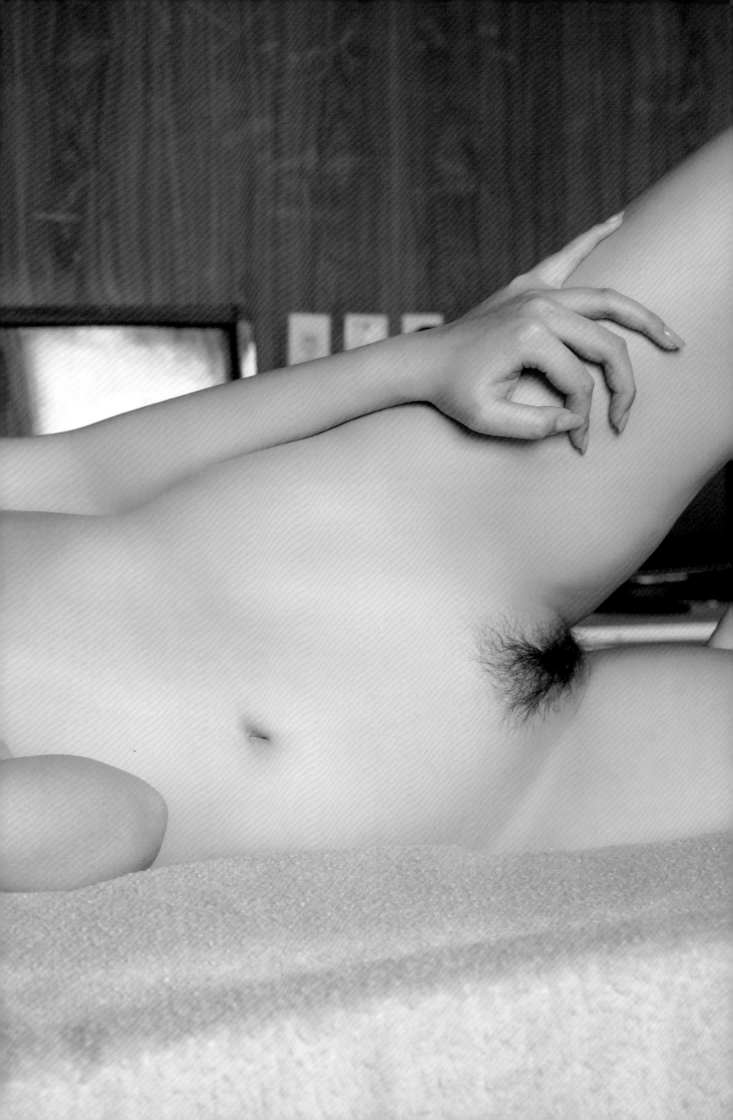

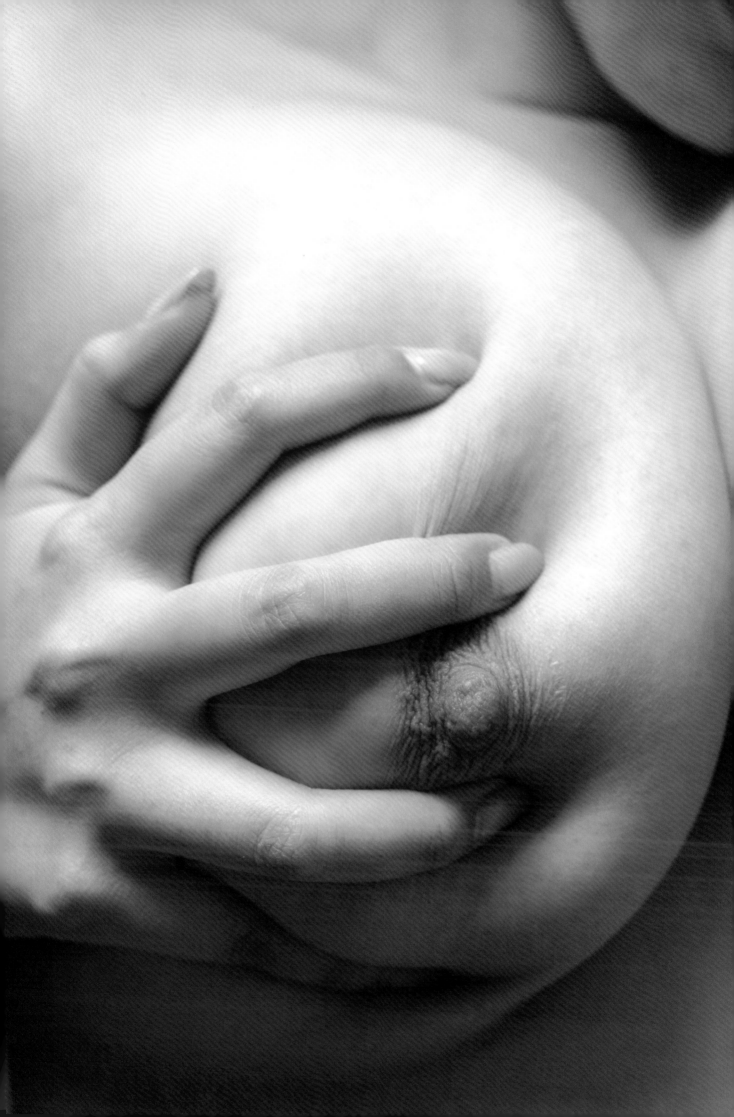

Answer 恋渕ももな寫真集

2024 年 5 月 1 日　初版第一刷發行

作　　者　恋渕ももな
攝　　影　植野惠三郎
編　　輯　魏紫庭
發 行 人　若森稔雄
發 行 所　台灣東販股份有限公司
　　　　　＜地址＞台北市南京東路 4 段 130 號 2F-1
　　　　　＜電話＞(02)2577-8878
　　　　　＜傳真＞(02)2577-8896
　　　　　＜網址＞http://www.tohan.com.tw
法律顧問　蕭雄淋律師
總 經 銷　聯合發行股份有限公司
　　　　　＜電話＞(02)2917-8022

ANSWER KOIBUCHI MOMONA SHASHINSHU
© MOMONA KOIBUCHI & KEIZABURO UENO 2023
Originally published in Japan in 2023
by TOKUMA SHOTEN PUBLISHING CO., LTD., Tokyo.
Traditional Chinese translation right arranged with TOKUMA SHOTEN PUBLISHING CO., LTD., Tokyo, through TOHAN CORPORATION, Tokyo.

Artist
Momona Koibuchi

Photographer
Keizaburo Ueno

Styling
Nana Mouri

Hair & Make-Up
Kazuhiko Yonezawa

Artist Management
Tomoki Yoshida
（LIFE PROMOTION）

Designer
Tomoko Yorikawa

Editor
Kenji Sasaki